とどまれ

大田美和

北冬舎

とどまれ∞目次

I

II

写真＝石山貴美子
装丁＝大橋泉之

とどまれ

I

イースター・ホリデイ

無人の地下鉄とリフトで「入国審査」まで運ばれる恐怖の未来へようこそ

「入国審査」は戦場ならずも泣き叫ぶ子が何をしたか誰も聞けない

察する文化の国を離れて要求を出さねば通じぬ国に着きたり

strangeかつfamiliarなイギリスの日本語にない春の深緑

ひらがなで書いたみたいな掲示ばかり英語って嫌になるほど単純

七百年の伝統を誇る英語詩の韻律いまだわがものならず

能舞台の松のごとくに一人立つケンブリッジの寂しい桜

玉葱炒めが花咲くように散らばったパンでしのげるイースター・ホリデイ

キリストはone of usと言ったなら怒られるかな偉大な一人

低い塀の地衣類の命一杯の春の芽吹きに声かけて行く

樹や花や鳥に名前を聞きながら測る英語と母語の振幅

静閑な書斎シャワーとトイレとが地続きなのは許せないけど

グラスミア

羊しか行かない崖を一人行くドロシー・ワーズワスに倣って
日本語と英語で「足下注意」って励ましながらひたすら登る

雨上がりのナメクジはみんな真っ黒で夜の女王のように輝く

正面突破をはかってたとえ敗れてもロマン派の山青く気高し

「早とちりの岬」に今日も乗り上げて若ければまた新たな船出

オルコック・ターンのケルンで無謀にも「この世のみんなが幸せになれ」

踏みしめて呼吸して強く抱きしめる険しい道の果ての絶景

山の端に角笛の月と金星と　水仙月の朗読のあと

ヒパチアに

「工事中なの？」と聞かれる　誕生日の子への包みと格闘すれば

独学の人と呼びたしアンドリューの握り返した荒れた手と指

とっておきの小道を抜けるアンドリューの思慮と分別に感謝しながら

十時開店カレッジのバーの灯の下で似た者同士が離れて並ぶ

パソコンのキーを打つ音ひたひたと水鳥歩く夜の図書室

古代アレキサンドリアの女学者の映画を見た。

ヒパチアにあらねば酔って小石投げる学生を避けて小路に入る

Keep in touchは手と手をぱちんと音たてて合わせるような手応えがある

「寝た肌がよい」※イギリスと思う間に短歌がどんどん片言になる

※『枕草子』引用の俗謡

スシ・ライス

スカイプに親熊子熊が並んでる今日は一度もログインしてない

スカイプとメールに乗って届けども言葉はキスのかわりにならず

新しい女は余計なお喋りを……止められずコーラひっくり返す

見くびるな熱を加えてこんなにも粘り気を出す「スシ・ライス」

終わりがあると知ればなおさら天翔る得意絶頂の歌にひかれる

書斎は庭といった詩人を真似てみるコインランドリー回しながらに

掃除婦のメリンダはたぶん赤ちゃんを迎えに行くんだ小走りに去る

町はずれのカレッジに戻る　仁王立ちの店員に「閉店」と言われて

帰国後のシンポジウムの段取りのメールで今日も日が暮れました

ライムストーン

白い部屋の白い眠りを脅かす昨日のデモの呼びかけメール

天井に影とし踊る収容所の死者に抗議するデモの人波

マーケットのイチゴは不法入国者収容所のある村から届く

うすいガラスの向こう見る見る濡れていくライムストーンになりたき心

思いつつ寝《ぬ》ればや人の……今頃は真昼の日本　来るはずもなし

前にも横にも張り出す人らの隙間縫う　折り紙のように平らな私

傷口に手をあててやる　嵐の夜明けて横たわる大木の枝

画家が発見するまで気ままに僕たちの雲は流れた　海から海へ

急がなくてもいいんですよと目で語る橋のたもとの自転車親子

食堂も閉まる休暇の煮こごりを溶かしてくれたエスペランチスト

漢字の円居

ユン・ドンジュと聞いて彼女の明眸が明るさを増す夕食の席

徐志摩の詩ナプキンに書いて朗唱す在英十年の中国人は

走り去る時、心臓の鼓動、風の音。鳴る、響く、揺れる、四声にのって

漢字で書くとき伝わる何かが温かく熱くわれらの円居《まどい》を照らす

この宇宙の音のすべてを記述するハングルという気概あっぱれ

中国茶一人飲む夜にYou Tubeの詩の朗読と映像届く

大陸人に教わった「さらばケンブリッジ」の碑を台湾人と川辺に捜す

酸辣湯

香港行きかとまた聞かれたり雑貨屋の郵便窓口のパキスタン人に

ジャパニーズと名乗れどいいのいいのよと中国語で語り続けるおばさん

カレッジまで一時間歩くリュックサックに酸辣湯《サンラータン》の缶詰二つ

Have a nice day と言わないアジア人同士無言でコリアン・ショップから出る

モンゴル人は Thank you とあまり言わないと教えてくれたのはオユンさん

父の急死を明かした外国人は私だけか更紗を肩に掛けてくれたり

ジェイン・オースティンも歩いた堤防で糸垂らし一日カニを釣る親子連れ

訳知り顔の先輩に「危ない」と教わった低所得者用アパートまで散歩する

再会

梅雨の日本に一時帰国すブライトン・ビーチに修論投げ出したまま

無愛想に「どうぞ」と言われて開けるドア　立って作業するセンセイがいて

驚かすつもりが驚かされちゃった　思わず伸びた自分の腕に

そんなつもりじゃなかった　ハグして絡み合うセンセイとボクの銀のネックレス

焦ったのなんのってフェアトレードのネックレス同士をやっと引き剝がす

ポリティカルと政治的とはあかねさすフェアトレードと「九条」の距離

母さんみたいなセンセイと抱っこしたあとは指導教授へ挨拶に行く

海峡のかなたに届く幻の砲声　闇に置かれたナイフ

旅籠で

今日君は航空便で来たばかりの国際花嫁ってことにしてくれ

「メールオーダーの嫁さんなんだ」　バングラデシュ人の店主は目を白黒す

口説くともなく誘われる明日の夜へブデン・ブリッジへのピクニック

沼の精霊より怖いのはシルヴィアとテッドの夫婦が壊れたところ

フェミニストが何度も削ったヒューズ姓の墓石もあまり見たくはないし

滞在を延ばせないかと俺んちに泊まればいいと　だけどマーティン

坂の麓でおしっこしてるマーティンを置いて深夜の旅籠《はたご》に戻る

さみしいと言わないマーティンさよならの淋しさは頬のあたりに光る

さらばケンブリッジ

河を見たらすぐ戻るから小走りにキングス・レインの門通りゃんせ

白い雌牛の親子もいつの間に帰り雨に黄色く煙る夕暮れ

徐志摩あなたの詩を知ったからこんなにも一人の気ままな別れがつらい

どしゃぶりの「ヘンリー五世」体温で濡れたジーンズ乾かしたっけ

チャペルの重い扉開けば「ソラリス」で知ったバッハの前奏曲だ

「死んだ後も踊っていたい」舞踊家の指はヒマラヤ杉の木末に

クロッカスのピンクが秋を温めるムラカミハルキの好きな人たち

大きくて丸い満月嬉しくてスキップしていたのは私だけ

裸の胸で知らずに抱いて傷ついた茨も泥も風もさよなら

II

漂着

依り代をさわに作れと宣《の》らすべしさやにさやげる四月の木末

楽しげに花や羊や牛を撒く　最後は黒く塗りつぶすのに

花水木の花もうてなに見える春　鳥啼き魚の目は涙なり

外海を漂う言葉　夜となく昼となく寄るとなく引くとなく

辺見庸の言葉に応える　まぐわいは目を伏せながら目を合わすこと

ああ確かにこの中に海は打ち返す避けられぬ死を孕む生なれ

あるかぎり言葉の木の葉集めては打ち上げられた身体を覆う

死んだあなたの言葉よ還れ　大潮の夜に寄り人は寄り来たるなり

ぶちまけて　井上有一展

周到に計算された空襲ぞゆめ天災のように嘆くな

向島からこの光景を見ましたと静かに語り合掌をする

燃えたのはてっちゃん、まあくん、魚屋のおばちゃん、豆腐屋のおじいちゃん

授かった命の壺の墨汁をぶちまけて無差別爆撃への怒り

七十年たっても現われる幽霊。

火の中でほどかれた手はお不動さんの町の水屋にまでついてくる

千切りの包丁の手に添えられる彼女にだけは見える死者の手

あっちに行ってなさいと叱ればしおたれてかまってほしい手はかき消える

生きのびた祖母と父との祈りあり春教え子は外交官になる

有一先生なら知っている伸び伸びと描いた字だねとほめられました

母の不意の発言に夫が驚く。

煤けたランプ

十万年後のヒトの叫びを夢想せよ永久凍土に埋める燃料

鏡石は夏祭りの夜の映写機だ　じいちゃんもばあちゃんもみんな笑って

山二つ越えて行こうか死んだ人にひと月後なら会える縁日

切れた油に思いのたけが注がれて煤けたランプが光り続ける

遠いので千年前に死んだ人の苦しみがいま瞬いている

「つぶやき」に詩人群がる読まれない詩集と思想の束を背負って
あらゆるものを遮断しひたすら試行して得たる果実を分かちたまえよ

東京朝鮮中高級学校訪問

砲撃直後無償化審査停止される　とても見事な反撃でした

「信じてました」「失望しました」ナイーブな言葉ばかりだ　官邸に打つ

手探りで検索語変えてたどりつくぬばたまの夜の賢者のツイッター

熱心に地道に教える先生たち　当たり前だろ学校だもの

代わる代わる廊下に出ては課題なる詩の暗唱に余念なき子ら

チマチョゴリ切られた女生徒も教師となり朝高で日本の詩歌も教える

通学時の民族服は自粛だと　そこまでさせて誰も気づかぬ

朴貞花《パッチョンファ》さんやっとあなたにたどりつく朝高ラグビー部『青き闘球部』

馬路村へ

海から初めて高知に入る大歩危《おおぼけ》と小歩危《こぼけ》の吊橋見ることもなく

ブラスバンドに送られて宇高連絡船まだまだ旅の真ん中だった

低地続く高知市街を非情なる津波のように見て着陸す

矢流《やながれ》レストランで一服　いしぶみにどの戦《いくさ》かと確かめながら

どの家の物干し場にも広き屋根　今日もざあっとにわか雨来れば

三人兄弟の中で最も寡黙なる父の隣で夫は喋る

小卒の首相喜び二十冊も角栄自伝を配りき伯父は

利より志を尊ぶ土佐の高知より送り出しては誰も帰らず

「こんな日本にするために戦死したんじゃない」
原発行政批判の議論は家族のため身を捨てた祖父と兵士に及ぶ

伝統と合理主義
安田川を見下ろす墓地は草を抜く手間を省くと粘土で固め

海光

ノースリーブを着れば少しは二の腕の分だけ図太いふりができるか

大学にいるはずのない「上司」という化け物に会う十年ぶりに

振り向けば最上階の踊り場に海光満ちて呼ぶ声がする

八王子の森に広がる海光の禍禍し目を閉じてこらえる

生きのびるために詩を書く　全身で泣きながら母語ならぬ英語で

答案を抱いて登れば前期末の踊り場にもう海は見えない

ゼミ合宿

あれは何の鳥の声かとさらわれた姫のごとくにかなかなを聞く

生き延びる

故高木仁三郎さんに

降りしきる落ち葉の涙　想定し備えて去った人がいたこと

いつか来る私は来ると啓示とも罠とも知れぬ声はざわめく

ダイヴァーシティの授業の初回　恋のため改宗するという学生もいて

ダイヴァーシティの授業二回目レズビアン映画のチケット六枚残る

バイアスのたっぷりかかった年少の訳知り顔を解きほぐすまで

そっと来る　一人の夜の星々を一つずつ踏んで光るメールは

少数派を守る勇気に欠けるということでだけ言える告白を聞く

ダイヴァーシティの授業三回目生き延びるための思想をそっと手渡す

国境

ヨモギ捨て蕗の薹枯らす諦めの澱は今年も心に積もる

何もないが食べ物だけは旨かった母の記憶の中の福島

ときどきは停止しなけりゃ生きられぬ思考停止をたしなめながら

ニホンはもう終わったんだから帰るなと欧米人は親切だった

ギリシアからドイツをめざす国境は羊が越える木の柵のよう

陸路を乗り継ぎシンガポール人は帰国した火山灰が飛行機を止めた夜に

帰国子女の彼も彼女もこの国を出るとは言わず　ああニホン人

ニホンの電気を使って困らせたくないと来日を遅らせたギッテさん

冬来たりなばの韻律に乗せて渾身の英詩は福島の安藤先生から

プリンと青梅

凍える春に生まれ合わせたものたちに残し置くべし青梅一つ

金柑の棘に鋭く降りそそぐ氷雨に耐えよ芋虫五匹

パワポより雑談のほうがためになる　限りなく脱線せよとS君

二〇〇七年 Peace Night 9 の記憶
半分寝ているみたいな姿勢で絞り出すように語った加藤周一

五分話しただけで七日は生きられるそれが五人もいれば上出来

ルバーブのパイの酸味に梅雨のある日本の初夏を遠くしのんだ

三年かかってようやく根づく葡萄樹の蔓を伸ばしてやる先がない

海の匂いを嫌うおまえも血と潮と醤《ひしお》の匂いをまとい生まれた

よく出来たプリンみたいだ　親という器を離れ皿に着地す

出がけに放つ言葉も思いやりに満ち　損ばっかりだ君の世代は

紅梅を

紅梅を会議の暇に論文の草稿の隅にぼおと咲かせて

湯気の立つお膳をひっくり返されて会議収束まで三時間

いい人になるしかなくていい人を三日つづけて四日めの雪

もっともらしい理由で会議を一つさぼるぐらいのことは私でもする

花火あげて羽目をはずしてダンスするマルガリータが必要だけど

はなははなははなはの歌はきらいだと言ってもはなははなはと歌う

あきれはてかこつ気力も絶え果てる二冊読み知る剽窃だらけと

革命と歯ブラシ

左翼とは革命とともに歯ブラシも変わると夢見るのだと鷲氏は

「どうしたら中立になれるか」それなりに切実らしき学生の質問

どうしたら通じるかなあ立ち位置を決めなきゃ「あんたの」意見じゃないと

ケンブリッジの食卓で

「ミワサン、アナタハ面白イ」片言のニホン語でほめられた朝の快感

同じ顔の同国人から身を剥がし「ワタシハ」で語った朝の食卓

「ヒトと違うことを怖れなくていいんだよ」イギリス帰りの元教え子は

耳を洗おう

デジタルの拾わぬ音が降りそそぐ歌の殿堂に君と待ち合わす

トランペットがほわんほわんと踊り出す　だから管弦楽と書くのだ

なんて小さな幅で小さく満足し聴いていた耳　耳を洗おう

二人子を君は気にして（二人の子なのに）夜食に寄らず家路を急ぐ

エッセイ「『狂えるメサイア』と『ルードルシュタット伯爵夫人』」に寄せた歌

たぐり寄せる記憶とページ幾重にも巻かれし衣を剥く歓びに

つゆじもの

俳句＝江田浩司

秋光は水の影から立つらしき

信奉者は三、四人ほどいればよし　二百余名に投げるディスクール

月光や見返り美人ならぬ人

研究室にぶらり立ち寄る学生と三日月を見るゴーシュ先生

ふかきふかきみ空の虚《うろ》に星の影
星座や霧や牧場の上をひとつ飛び　メールの英語が耳をそよがす

霜うすく光をうけて歌ひ初む
一人一人がそっとつながる夜になる　ろうそくの灯とあたたかい闇

晴れ晴れと　モンゴルの旅

星を読む船乗りのごと日の位置を読む運転手砂漠を走る

数えれば減ると数えずヤギ、ヒツジ盗ったり盗られたり生まれたり

子の鞍のうしろの馬の尻に乗りそっと操る聾啞の青年

羊の尾の裏の脂肪は草原の子どもが最初にもらう飴玉

牧羊犬はペットにあらねば入れるなとチュバを嵐の夜に追い返す

馬の群れは見えない雨の来襲に驚きゲルの周囲を走る
遠くの山まで逃げた馬たちを迎えに行く遊牧民の朝の始まり
ゲルの戸口に一晩風雨を避けていたチュバのっそりと立ち上がり去る

教わるままに五体投地し晴れ晴れとゲルより出でて仰ぐ青空

ガンダン寺

掻き壊したり

羽衣の塵を払いて羽織らせて飛ぶわれを見て嬉しそうなり

かりそめの恋にざわめく笹の葉を裸の胸で抱きしめてみよ

笹の葉のさやぎ飛び立つ瞬間が見たくて君はいくたびも抱く

やわらかいところに入れる舌よりも摩羅よりも熱い言葉の鏃《やじり》

動かないでそのまま二人幸せな卵を宿す蛇の眠りを

一日がかりで相聞歌作る君と知らず子の前でどうしようもないバトル

わが背子は背なにぴたりと張りつけばわが身と思い掻き壊したり

あんたたち懲りないねえって頭上から悟りすました子に呆れられ

瓦礫だらけの文学の野に野合して蛭子《ひるこ》も島もみんなうちの子

君も子も眠る明け方そっと来てそっと去りゆく小さな地震

山を歩けば

一列の家族となって上りゆく羽黒神社の脇の坂道

馬も荷も人も助ける術もなく落ちた難所に馬頭様立つ

あ、これはクマの足跡、糞などと嘘ばっかりに子は歩かされ

振り返りカモシカの親子嬉しそうヒトにクマかと間違えられて

木の間よりダムの背見えて怖ろしきけものはヒトのほかにはあらず

山を歩けばいつも機嫌の良い妻といつになっても気づかないひと

四肢伸ばし泳ぐ歓声　八時より男湯となる風呂のほうから

III

海に開けよ　シャルジャ・ビエンナーレの旅

ドバイ空港到着ロビーの異教徒を迎える夜明け前のアザーン

東雲《しののめ》に黄金の小花惜しげなく撒くように響く「アッラーフ、アクバル」

小運河に帆掛け舟ゆく夢覚めて、嗚呼「礼拝は眠りにまさる」

シャルジャ・ビエンナーレ開会。宗教賛歌カッワーリに迎えられる。

人も神も東も西もスーフィーのリズムに回り廻り溶け合う

シャルジャで井上有一の書と再会した感激は言うまでもないが、共に展示されていたハサン・マスウーディ(1944-)の書との出会いはサプライズとなった。彼はイラク南部ナジャフに生まれ、バグダードからパリに渡り、バレエとのコラボレーションを行うなど多彩な芸術家として活躍中。

有一の「明月」に隣るきわやかな立ち姿　あれは誰の書かしら

パリの水に洗練された書を捨てて勝負してみろ　有一が誘う

竹の幹で右から左くるくるり書けば符号に音楽になる

大縄跳びの縄くぐるたび虹生まれ筆を振るえば物皆踊る

ナイジェリア生まれのアーティスト、オトボン・ンカンガ
パフォーマンスを貴女もせよと招かれる人影のない白い中庭

黄色い腕と黒い腕とが支え合う月下美人の苗のさみどり

聞きしにまさるベリーダンスの妙技
舞姫を送るとて待つ裏口に三日月の舟、櫂は彗星

アルアイン遺跡群
初めて耳に響く調べも懐かしくオアシスに鳥の囀りあふれ

世界中から人と物が集まる商店街
イラン人の生地屋に拉致されアラビア人に仕立て上がった子に再会す

如雨露はジャッラ瓶や壺というアラビア語　ポルトガル語経由で日本に届く

アラビア香水の店の名前はアフリカの古戦場なりアル・アラメイン

聖典《クルアーン》の装丁競う本棚の読めない本をめくる愉しみ

白い質素な袋は丈夫な油紙本屋の矜恃お愛想はなし

一日の終わりは礼拝から

夕涼み日没前に銭湯が開くように開くモスクの扉

脱ぐ靴の重なる戸口インド人、パキスタン人、フィリピン人の

いかなるモザイク、アラベスクにてねぎらわれ南アジア人は明日も働く

アラビア人はナイトクラブで痛飲す　カンドゥーラ脱ぎ背広羽織って

ダウ船で軽口叩くアラビア人ボーイ　夜景も黄金の市場《ゴールド・スーク》

帰国便は上海から海に出て、熊本から日本列島を北上する。

南海より熊本へ　東シナ海も朝鮮海峡もみんな「中庭」

わが祖国海に開けよ　イスラームは異文化じゃない多文化なのに

アルジェリア人質事件の余波で日本の大手新聞社がイスラーム本の出版を中止

翡翠の夢　韓国カトリック大学訪問

二日酔いの朝の大衆食堂のプゴククはキム先生にも辛すぎて

兄弟だけど似てない　縦に置く箸と持ち上げることのないお茶碗と

清潔で進んだ国とほめられるたったそれだけの文化であるか

トンジンシジャンのトシラッカペでシッケだけ飲んで学生たちと別れる

翡翠色の夢にまどろむ香遠亭《ヒャンウォンジョン》　朋と散策する喜びに

この平和手放さないで　青瓦台の見える広場で遊ぶ警備員

非情なるパリパリ文化と言いながら緩くて厚い人情に触れ

人種差別と言ってうつむく半島の王子のような名を持つ君は

君の名に託された思いを包みたく色鮮やかなポジャギを選ぶ

とっておきの家族ぐるみの付き合いの茶房は仁寺洞《インサドン》の路地の行き止まり

ウリハッキョ、ウリマル、ウリナラ、懐かしい響きの言葉少しずつ増え

初物の蒸《ふか》し芋嬉し　メシルチャで甘くなった口を水で漱ぎつつ

漢語由来でない「ありがとう」の挨拶はくつろいだとき出るものらしい

これが夜にはぼったくりタクシーになるんだろ昼間は可愛いトッケビだけど

ナム先生の桃を取り出しかぶりつく二時間遅れる飛行機のため

オミジャチャの色と香りに癒されてたった三日の出張終わる

ともかくも来て見てごらんウェブサイトのぴかぴか光る語に騙されず

おまえは生きろ　『サンダリング・フラッド』異聞

世界の果てにとどろく瀑布にかき消され届かない声　君に触れたい

赤童子かがむ水辺に背後からシグルドが立つ　おまえは生きろ

からだ重ねる言葉重ねて羞じらわぬ王子のような君と向きあう

性愛よりも熱い友情同性と異性の友が二人を守る

詩の杖を振ってあなたは立ち上げた災禍のあとのわが家の亡霊

遠くめぐりようやくモリスにたどり着く心とからだやっとほぐれて

マニキュアを髪に施し月曜の朝読む「別当実盛最期」

ザ・日本人

嫌いな奴にも嫌われたくないって何なんだLine世代のああ面倒くさ

裏アカで悪口言うのは王様の耳は驢馬とは違うんじゃない

一気飲み指名されたら地獄です断りゃ帰れコールが迫る

思いきり空回りしてそれなりに青春してるねえ君たちも

ああこれがぼっち飯かよ　昼過ぎの便器に弁当ケースが泳ぐ

文豪でも天才でもなく不器用な朋輩だったヒョードルくんは

留学生は声がだんだん小さくなり声出さなくなりニホン人になる

女の平和

ひよめきを見せて幼児がすわりこむ次が出番の私の膝に

文学を両手で握りしめるだけ　無力なわたし「無名者の歌」

ああ、君のおかげで届いた淑玉《すご》さんにそれで言葉に翼が付いた

テント村過ぎたあたりで呼ばれたりクィア理論を熱く語れば

一人一人の意思で集まり一人ずつあるいは連れ立ち炉端に帰る

日比谷公会堂アーカイブカフェで振り返る一日、震災後の四年間

あなたもあなたも来ていたと時の経つほどに同志は増えて「女の平和」

デモに降る雨

一人がいい一人が私の一番の自然で一人国会に行く

ラオ・シルクの輝く赤で帯締めてヒールも高く警官の前

おつむから爪先までを検分され　どの有名人に似てたのかしら

思いやり深きあなたを裏切った私だろうかデモに降る雨

日比谷野音のシュプレヒコール遠ざかる公会堂のアーカイブカフェ

デモのあと三回寄っただけなのに笑顔で覚えてくれたマスター

蓄音機の最後の曲は月曜の明日を励ますやさしいワルツ

新宿に遊びに行った息子らも国会にいてまだ帰らない

九月十九日未明

戦争法案採決の夜に緊張はなく縁日のように明るい

涙が出たと声かけられる「こんな日本にするために戦死したんじゃない」に

従軍看護婦九十歳の母のため代わりに来たと問わず語りに

行かれません——スマホを濡らす小糠雨「わかってますよ。気にしないで」

警官の前で静かに白拍子真樹子さんに似た優しい踊り

「道を開けろ」と十回続けて諦める　暴徒とならず市民のままで

車道開放し赤い光に照らされた夜の議事堂見せて下さい

知り合いが一人もいない夜だけど温かかった正門前は

中途半端に無名な私に取材して叱られたのか朝のデスクに

次の事故で一億難民になると語り始発を待った男二人と

緩む拳骨

愛児亡くした友の嘆きは三月前今度は抱きしめる背中がない

同期みんなのぐしゃぐしゃに濡れた霙からしんと静もる雪となりゆく

京子ちゃんにはどのレクイエム天からの慰めあるいは地からの嘆き

一番びっくりしたのはあなたかもしれず　まだそこにいる若い魂

他愛なくミサ曲歌った仲でした中年の闇　緩む拳骨

束にした若き悩みを「死よおまえの勝利はどこに」ともう歌えない

またねってあなたは言ったさよならと私は告げた祭壇の前

もう死ぬな　ステッカー貼って歩きたい誰でも倒れそうな雑踏

IV

翼果さえ

手袋を脱いでさわれと君に告ぐ森の王者の書物のページ

目に優しく文字は飛び込みはしるはしる「バースの女房の物語」

一行が引き出す思念とめどなく語り聞かせよフランチェスカに

夜の庭にさしかかる頃流れ星とともにあなたの声がこぼれる

スカイプは隣の部屋にいるようで薔薇を投げたら届きそうです

あからひく嫉妬はほんの一秒で同じ指輪がほしかっただけ

悲しみを整えもせで四月尽

翼果《よっか》さえ飛び立ちかねてあるものを屈託もなく発ちてしまいぬ

虎が雨寄せるより引く波が好き

一人でなくあれは無数の奪われた海の命が見せてくれた夢

匂いスミレ

三冬の初めの冬をもう疾うにくぐる私と春を漕ぐ君

華やかな名前のビルで待ち合わせ虚ろな光の中で待たされ

勝ったのは君の無意識だけなのに傷つけた君も深く苦しむ

揺れ動く心を映すまなざしの眩しけれども触れず落とさず

遇えばその大きな身振り足下に池を掘ってまで飛び込みそうだ

夜の梅　崩れる前に思い出し笑いで救ってくれるあなたは

脇差しのように差すなよ清すぎて真っ赤に焼けたそのこころざし

弁慶堂の緑の香で燻り出す冬の間に増えたお化けを

鶯の初音届けと梅が枝を送れば君は潮鳴り返す

あっけない幕切れ　臨時改札の一輪挿しの匂いスミレ

恋人の初夏

知らぬまにぴたりとついてきた人にどうにかなりそうですと答えた

水しぶきが目に入ったよ食堂から一心不乱に歩いてたから

階段を静かに上る白衣着てないのに白衣の裾曳くように

大丈夫と言えば駄目だし駄目ですと言えばたちまちもう大丈夫

驚いたなんて言ってあげないあなたにはたぶん最初の症例だから

泣きに来た十月の朝　腹になお剛速球の不意打ちの痕

口角を無理にあげては気取られぬようにエールを交わす友だち

太りゆく青梅のような悲しみは時間をかけて整えなさい

見守っていますの動作さりげなく恋人が増えたみたいな初夏だ

淋しくてお茶目な人がすべりこむ会議一分前の静寂

風が吹くから

「ユートピアだより」始まる河岸の家一人訪ねる木曜の午後

架け替えても醜い橋の向こうには乱高下する株価の都

塀の下の砂地の端まで濡れた跡テムズは今度いつあふれるか

彫刻をうっかり触って叱られて「招かれたのよ」まあ、お姉さま

風が吹くから曇っているからBluetoothが動かないってレシートの山

草の中の、砂地の、そしてミレニアム・ブリッジのどれもみなテムズ川

エピングの森　電子パネルに現われてそこのけそこのけ御馬が通る

オックスフォードのスチューデント・ユニオン訪問

若書きの日があなたにもあったとは　ロセッティと競い合った壁画《ムラール》

明かり取りの窓の光に守られて消したかった絵はぼんやり浮かぶ

川の神あるいはモリス　ここで見たことを伝えよ善を尽くせと

男傘

降り始めた雨に広げる男傘この傘でいいかと聞かれた傘を

所詮私の知らない「男」だ　知っている男は遠く家内に隠し

手をあてて鑿で彫らせる慎重に心にひそむ最適の語を

競歩のように去るセンセイを追いかけるメールは「さかしま」を読んだ学生

なぜはしゃぐ　濡れた紅葉が足元で楽しい音を立てない夜に

魂になってしまえばひっそりと君のかたえに憩えるものを

木枯らしの前の楓のあかあかと「若さはしばらくそこにとどまれ」※

青い顎にひらめく鬼火で書くだろうリルケのように追悼の詩を

※尹東柱の詩「いとしい追憶」の変奏

詩をかかげ

第九区の走者はゼミで唯一人『罪と罰』読む松原啓介

楽しく生きるための初めてマスカラを差し赤を着て教室に行く

今朝も昨日も人生終わりにした人の中にあの子がたまたまいない

ずぶ濡れの発煙筒のような詩をかかげて暗い正月歩く

歴史知らず芸術知らずの人たちに後ろから刺されたりするのかな

幾たびも終わりにしたい衝動を踏みつけて飛ぶ黄金のバー

ブラックでなくてグレーと慎ましく青年は呼ぶやめた会社を

わたしはフクシマですと語り出す「飛べ北斎」の版画見たあと

荷車は曲がり角では荷を下ろしヒトなれば無理にカーブを曲がる

使いにくい弾《たま》ばっかりですみません後ろの声がまたぶっ放す

掌中の珠のかわりに光らせるエシカルでない金剛石を

行き倒れた人流された人きれぎれの闇の力に守られた人

頼まれて火中に入る　拾う手を光る火薬でコーティングして

枇杷の葉

心にはノブの壊れた幾百の扉がありて時々開く

何でまあ引き当てるのか何げない世間話の陰に立つ影

そりゃあもう一人で耐えるのは無理と思う闇でも飼いならしてる

カラダニツイタ火を消すようにころがって付け直す君の足跡いくつ

飛び降り防止の鉄柵みたいな定位置に見えないようにあなたは座る

どうしたらいいかあなたは知っているそう言われてもわかっていても

それはもう一人で耐える限界の闇があふれた光り出すドア

虫の息戸板に載せて運ばれるそれでも誰かの役には立てる

真っ直ぐに立ててないから大丈夫頼っていいと聞こえるんだろ

ぶら下がる紐がちぎれて落ちていく　一番黒い枇杷の葉をくれ

なら山の月

妖しの赤き裳裾にまろびつつ如何にか君の吾を訪ねあて

電脳世界になどか出会いき初めての逢いに見すべき躰のなくて

仏法僧の退く門にぬばたまの死出田長《しでのたおさ》と訪ね来る人

ほとほとと扉をたたく音で知る君を待つのも守るのも死者

初めての夜に装ううつしみのからだはなくて魂ばかり

クローバーの白と緑と暮れ残り呼び鈴引けば君が応える

透き通る身にまとわせる朝露の薔薇と麝香《じゃこう》の薄いベールを

そばだてる耳にわずかに聞こえては波に呑まれる君の名前は

この世果つるまで傍らにありたしとされば告げてはなら山の月

遠い約束

日が陰る頃に出かける借り物の足を冷たい下駄に履かせて
私にも影が作れる嬉しさに浴衣の袖を広げてみたり

甘えたい甘やかしたい初めての花火の夜は今日じゃないけど

いつまでに愛されている証明を見せればここにとどまれるのか

なぜ水のそばにお化けは出るのかとあなたは聞いた子どもの頃に

質草は何だったのか返済の期限はいつか遠い約束

幸不幸混ぜて綺麗なメレンゲのような白波走る車窓に

耳塞ぐ　帰って来いと呼びかけるすだくすだまのようにヒグラシ

音楽祭と三つの変奏　「あとがき」に代えて

英国のオールドバラ音楽祭に出かけた。音楽を人々の役に立てたい、と考えた作曲家のベンジャミン・ブリテンがパートナーのピーター・ピアーズと始めた音楽祭である。うまく行くだろうかという懸念に対して、仲間たちと楽しくやればいいじゃないかとブリテンは答えたという。

「砂の中の詩の一行」という詩の朗読と歌のセッションは、出演者全員が非白人だった。白人ではない人が、才能があっても抜擢されにくい状況が、クラシック音楽の世界にはいまだにあることに対する抗議である。「プロテスト（抗議）は、声高になされるものや、特定の時代の社会運動としてなされるものだけではなく、静かに心地よい音楽として発せられることもある」という司会のロデリック・ウィリアムズ（バリトン歌手、作曲家）の言葉にうなずいた。

「ブリテンの歌のトレイル」は、オールドバラの町の画廊や旧ポンプ場等の会場を歩いて移動して、複数のミニコンサートを楽しむというプログラムだ。アンコールを何度もしたいぐらいの魅力的なトークと演奏があっても、「さあ、皆さん、すぐに次の会場に移動してね」と会場から追い出されたのは、残念だったけれども、古書店も映画館もある北海に面した町の魅力を堪能した。最後の会場の教会では、隣に座った人と、どのコンサートが良かったか感想を話し合った。

「フェスティバル・ウォーク」という徒歩旅行にも参加した。参加者は二台のバスに分乗した八十人ほどで、英国以外のヨーロッパから来た人も何人か参加していた。沼沢地に沿った林の小道から出発して、農場を通り過ぎ、教会で一休みした。

教会を出た後は、日陰のない葦原をひたすら歩いた。私は呑気に、旧約聖書の一場面を思い出して、こんな水辺に赤ちゃんのモーセを乗せた舟は浮かべられたのかなあと、英国とエジプトの違いを無視してうっとりした。どんな景色を見ても、本で読んだ景色や過去の経験が重なって、いくらでも楽しめるから、おめでたい。しかし、一行の中には、この企画について大声で文句を言う人が次々に現れた。

「ブリテンに作曲のインスピレーションを与えた、鳥のさえずりや風のささやきに耳を傾けながら歩きましょう、とプログラムには書いてあったのに、葦しかないじゃないか！」「歩くスピードが速すぎる」「ゴールまであと何時間こんな道を歩かなきゃいけないの？」

たしかに、それは田んぼの畦道をひたすら歩くのに似ていた。爽やかな六月の青空を鳶が滑空し、時折り雲雀の声が聞えたような気もするが、大勢の人の気配に鳥たちは警戒して、近くに現れなかった。湿った畦道は踏み荒らされて凸凹になり、最後尾のグループにいた私は、滑って尻餅をついてしまった。怪我もなく、おかげで座って一息つけた、という感じで文句を言うほどではなかった。英国のウォーキングというのは、ゴールに到達することよりもただ歩くことを楽しむと聞いていたから、こんなものだろうと思った。

葦原を出て、羊のいる丘を登り、門を閉めて最後の森林地に入れば、ランチの休憩所まであとわずかだ。ボランティアの運営チームが、疲労困憊した人たちを少し休ませてから、なんとか歩かせようとしていた。

オークの森の落葉でふかふかになった地面を踏みしめるのは、心地よかった。森を抜けた道路に、迎えの車が来ていた。ボランティアチームは、十分に下見をして、連絡を取り合い、予測できる事態への対応もできているように思われた。私は、「今日転んだ参加者二名」のうちの一名として報告されたようだ。

ランチは、おいしいキッシュとサラダとケーキが好きなだけ食べられて、みんな満足したようだった。ウィリアム・モリスの『ユートピアだより』の食事の場面を思い出した。歩く途中で知り合った夫婦と、帰りのバスを待つ間、おしゃべりした。二人はオールドバラが気に入って、サフォーク州に引っ越してきたという。嵐の夜に海岸で見たオペラ『ピーター・グライムズ』の迫力や、冬の沼沢地の様子を語ってくれた。

一日の終わりに、運営チームの人と話をする機会があった。今日のイベントはどうだったかと聞かれたので、私は満足したが、不満も聞いたと答えて、私が聞いた不満を伝えた。不満を言ってもらうのはいいことだと、彼女は答えた。異なる意見の表明を歓迎する、それが民主主義だという文化がここにはある。このあたりの感覚は、日本とは異なる。私は日本の流儀で相手の期待どおりに振る舞って、我慢をしすぎただろうかと振り返ってみたが、不満はなかった。

ブリテンが頭の中で曲想を追いかけながら歩いたのと同じ経験を、作曲家ではない私たちが追体験することはできないだろう。詩人が目の前の風景や自分の経験を、そのまま生の形で詩にしないのと同じことだ。それでも、ブリテンが音楽のある人生と生活をみんなに開いてくれたことに、何度でも感謝したい。

＊

第四歌集『葡萄の香り、噴水の匂い』の出版から十三年の歳月が流れた。この第五歌集には、二〇一〇年のケンブリッジ大学での在外研究の日々と、二〇一五年の戦争法案の強行採決までの市民運動の日々が収められている。この歌集を出版するのに遅すぎたとは思わない。今の私たちの状況が東日本大震災の後、どのように始まって、どのような経緯で現在のような形になったのかが個人の思考と想像力を通して、歌いとどめられているからだ。坂道を転げ落ちるように、時代も私自身の心身の老化も進んだ。今、歌人・詩人としてできることは、時代の暴風の中にしっかりと立ち続けて、人間と社会の変化の行方を冷静に見すえることではないだろうか。そして、文学や芸術を愛しながら年を重ねて生きる喜びも、後に続く世代には伝えたい。

この歌集に収録した歌のうち、「再会」は「ＬＵＮＡ通信」一号（二〇一一年九月、発行人・東風平恵典、ＬＵＮＡクリティーク発行所)、「つゆじもの」は『詩と音楽のための　洪水』第九号（二〇一二年一月、洪水企画)、「晴れ晴れと」は『歌壇』二〇〇九年十一月号（本阿弥書店)、「山を歩けば」は『北冬』一〇号（特集「〈身体〉に良い短歌」二〇〇九年十一月、北冬舍)、「海に開けよ」は「六月の風」二三三号別冊（二〇一三年五月、ウナックトウキョウ）が初出である。残りの短歌は、短歌結社誌『未来』に毎月発表した歌である。

出版にあたって、写真家の石山貴美子さんは、第二歌集『水の乳房』とは一味違う写真を提供して下さった。感謝申し上げる。装丁の大橋泉之さんにも心から御礼申し上げたい。今回も北冬舎の柳下和久さんにお世話になった。御礼申し上げる。

この歌集に続いて、コロナ禍の日々の短歌を収めた歌集も出版する予定である。私のエッセイ集（二〇二〇年）と詩集（二〇二二年）の読者は、第五歌集と第六歌集を読んで、異なるジャンルにおける同一主題の三つの変奏を楽しんでいただけるかもしれない。引き続きご愛読をお願いしたい。

二〇二三年九月十日　マンチェスター大学での在外研究から帰国して

本書収録の作品は２００９年(平成21年)—16年(平成28年)に
制作された３８５首です。本書は著者の第５歌集になります。

著者略歴

大田美和

おおたみわ

1963年(昭和38年)、東京都生まれ。著書に、歌集『きらい』(91年、河出書房新社)、『水の乳房』(96年、北冬舎)、『飛ぶ練習』(2003年、同)、『葡萄の香り、噴水の匂い』(10年、同)のほか、『大田美和詩集二〇〇四－二〇二一』(22年、同)、既刊全歌集、詩篇、エッセイを収録した『大田美和の本』、(14年、北冬舎)、エッセイ集『世界の果てまでも』(20年、同)、短歌絵本『レクイエム』(画・田口智子、97年、クインテッセンス出版)、イギリス小説の研究書『アン・ブロンテ―二十一世紀の再評価』(07年、中央大学出版部)などがある。現在、中央大学文学部英文学教授、専門は近代イギリス小説、ジェンダー論。

とどまれ

2023年11月15日　初版印刷
2023年11月25日　初版発行

著者
大田美和

発行人
柳下和久

発行所
北冬舎

〒101-0062東京都千代田区神田駿河台1-5-6-408
電話・FAX　03-3292-0350
振替口座　00130-7-74750
https://hokutousya.jimdo.com/

印刷・製本　株式会社シナノ書籍印刷

定価はカバーに表示してあります
落丁本・乱丁本はお取替えいたします
ISBN978-4-903792-84-2　C0092